Heart is……

心にひびく癒しの調べ

Illustrations & Poems
葉祥明

中央法規

第Ⅰ章　よろこび

生きている、ということは
やりたいことがあって
そして
生きていること自体が
嬉しくてたまらないってこと

目が生き生きと輝いて
夢と希望に溢れている
そんな、状態のこと

忙《せわ》しなく
動き回ってばかりいると
うっかり
見過ごしてしまうものがあります

時々は、立ち止まり
ゆっくり周りを
見てごらんなさい

見落としたものは
ありませんか？

自分の心、誰かの心
ひそやかなつぶやき
そして
花一輪！

大切なのは
待つということ
心からそうしたい！
という気持ちが
出てくるのを
それまで待ちなさい
心穏やかに‥‥

幸せな人を見たら
共に喜んであげなさい
素直にそうなれないときは
自分自身が不幸せ
だからです
しかし人の幸せを一緒に喜べば
あなたも幸せになれますよ

すべての道が
幸せに続いています
道そのものが
既に幸せです

道、とは幸せのこと
道、とは生命そのもの
生きていることそのものです

つらい出来事の後には
なんでもないことにさえ
喜びが感じられる

苦しみを乗り越えると
生きる自信さえつく

それを思うと
この世には
悪いことなど、ひとつもない

わくわくすることは大切です
しかしより大切なのは
何であれ
わくわくしながら
やることです

そしてもっとも大切なのは
生きていること自体に
わくわくすることです

誠実であること！
他の人に対して
自分の仕事に対して
自分自身に対しても

誠実に生きる
それは人として
最も大切なこと！

人生という旅は
ただ、通り過ぎる
ばかりでなく
その途中の
ひとつひとつを
深く味わうもの
楽しいことも
悲しいことも
そして、一人ぼっちの淋しさも

いつも自分に
問いかける

自分らしく、生きているか！
一分一秒たりとも
無駄にしていないか、と

それほど、
この人生は
かけがえのないものだから

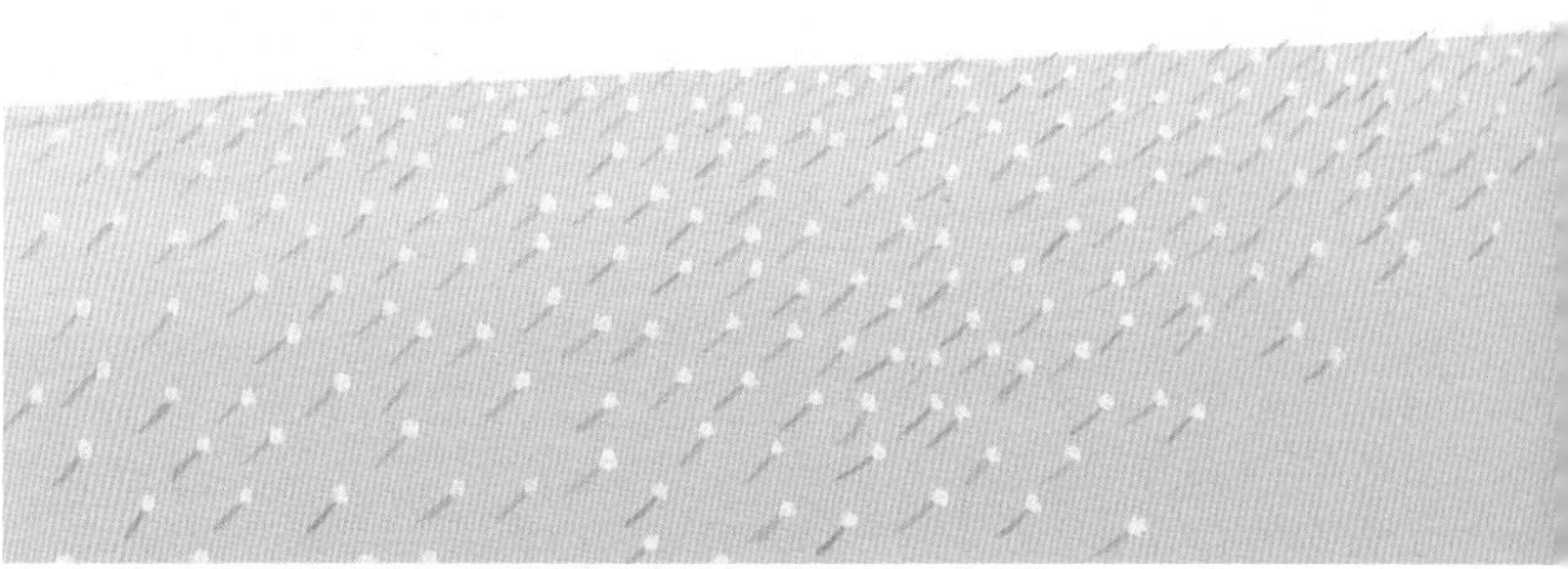

第Ⅱ章 やすらぎ

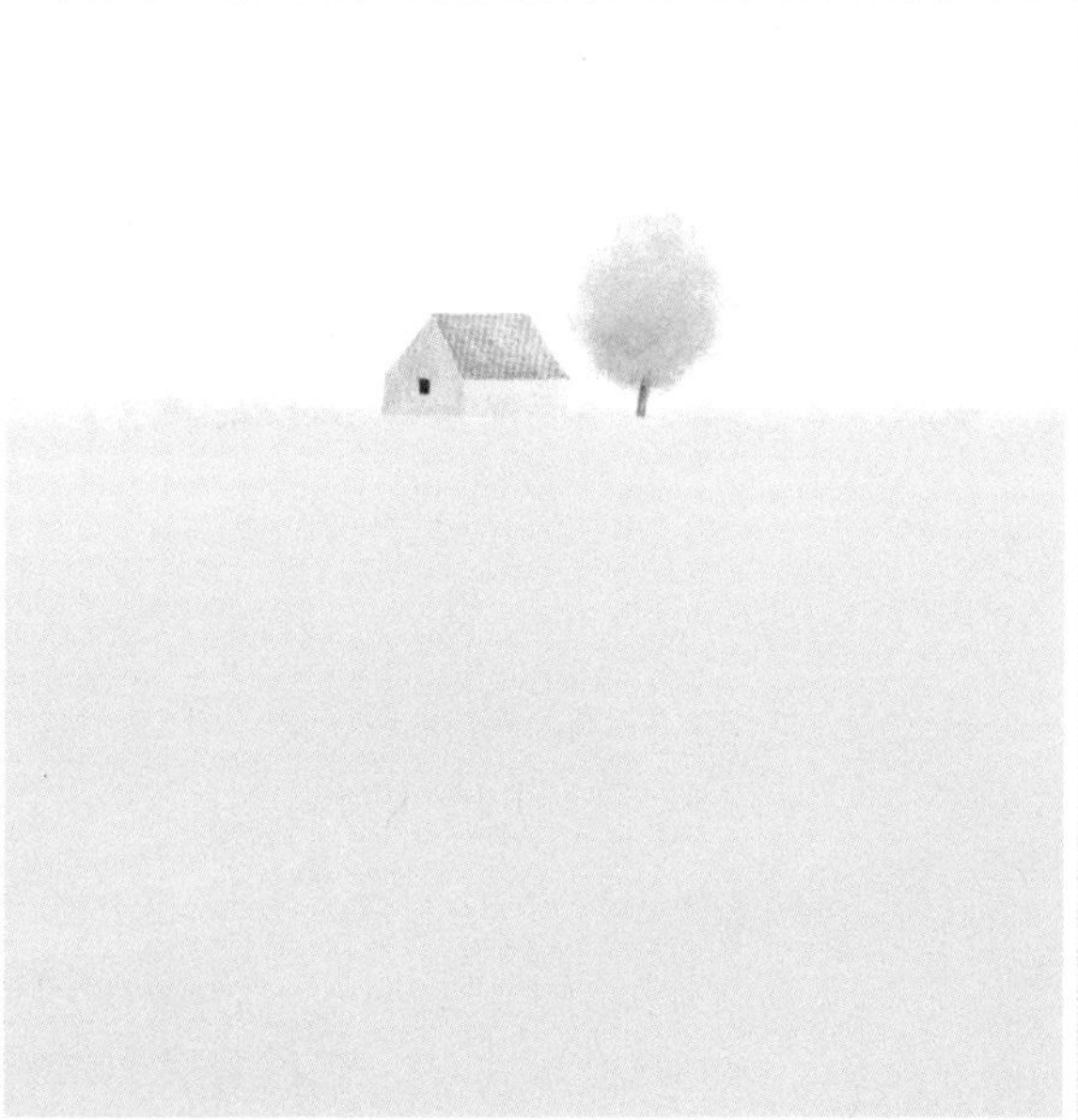

想ってごらん
鳥のように
空を飛べるって

想ってごらん
世界は美しい
お花畑だって

想ってごらん
あなたの心は
愛と平和で一杯だって！

誰かから
見守られ
気遣《きづか》ってもらうことで
人は苦しみに耐え
少し楽にさえなる

大きく目を見開き
よく耳を澄まし
そして
素直な心で
相手や物事に接すれば
本当のものが見えてくる
聞こえてくる　感じ取れる

自分に
無いものを追い求めるより
今　自分に
在るものに感謝し
それを活かし　育てよう

それが実りある
人生を生きるコツ！

皆がやることを
やりたがったり
皆が行くところに
行きたがったり
皆が持っているものを
持ちたがったり
する必要はありません

あなたはあなたです
あなたは決して
〝皆〟ではないのです
あなたはあなたらしく
生きればいいのです

完璧でなくともよい
完全でなくてもよい
最上、最高でなくても
構《かま》わない

今は、そこに到る
途中にあると知り
唯、心をこめて
やればよい！

心の安らぎこそ
すべての人が
真に望むこと

そしてそれはすべての人が
必ず得られるものだと
知りなさい

なぜなら
安らぎは外から
やってくるものではなく
もともとすべての人の
心の裡《うち》にあるもの
だからです

君は、人生が
どんなに美しく
かけがえのないものか
知っているかい？

機は熟するもの
人はその刻《とき》を
心静かに待てば良い！
春の次は夏
夏の次は秋
そして
冬のあとには
必ずまた春が巡り来る
思い悩むことも
心配することも
ありません

誰もいない公園
静かな朝の町
自然の野山を
一人散歩するのは
心地よいもの
心のなかもそうです
いつもシンプルに
いつもすっきりと

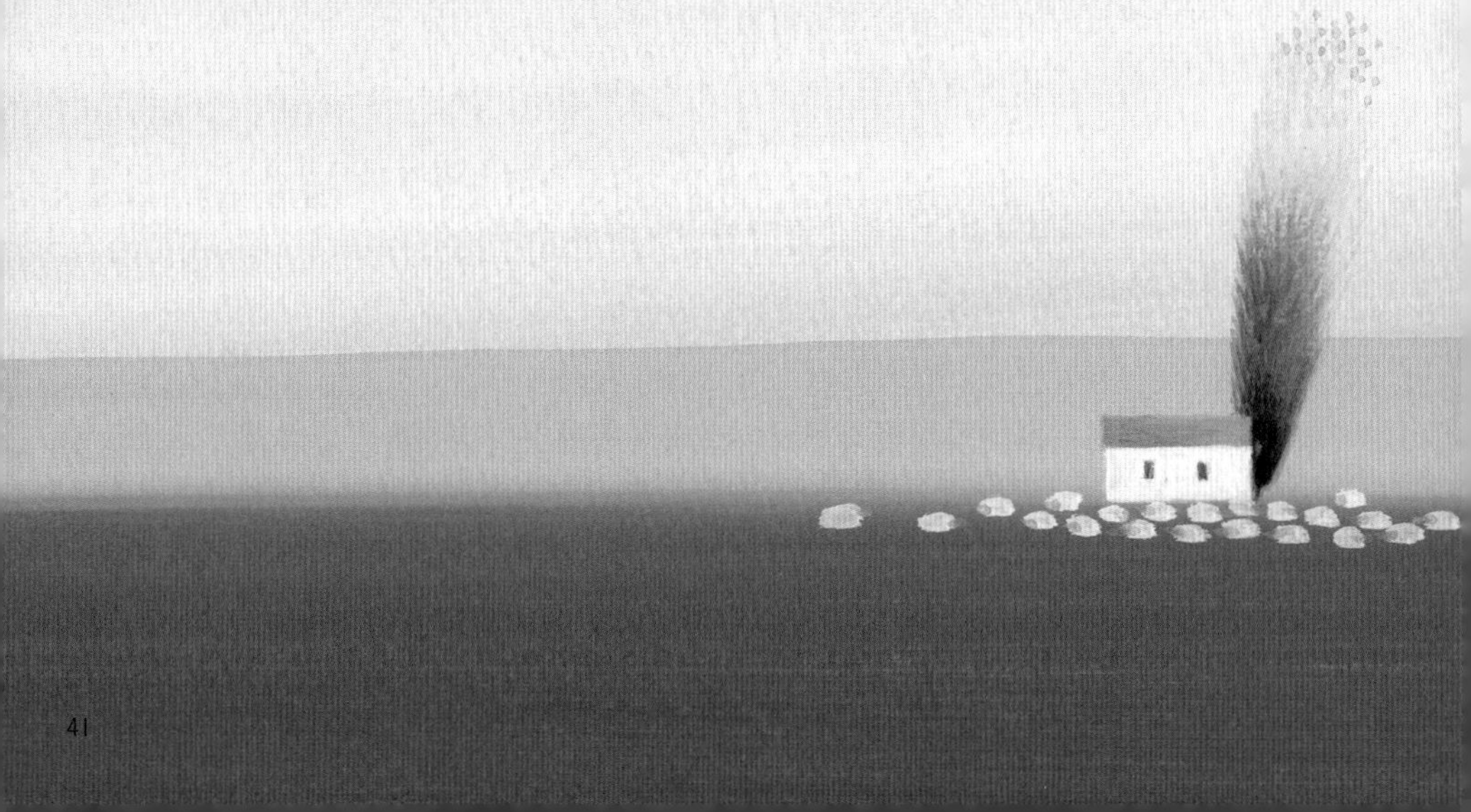

第Ⅲ章 ありがとう

今日という日に感謝！
心からそう思える日は
そう多くはないかもしれないけれど

でも今日は、その日！

素直にありがとう！って
言ってごらんなさい

正直にごめんなさいって
言ってごらんなさい

朝　起きたら
明るくおはよう！って
言ってごらんなさい

あなたを
待っている人がいる
あなたを
必要としている人がいる

それは素晴らしいことです

そんな人々の中に
あなた自身もいるってことを
知っていますか？

思いを、行為に結びつけるのが
言葉です

しかし
言葉は不完全で
ときには嘘もつきます

だから
言葉ではなく
行為によって
あなたの思いを
表しなさい

大切なのは
勇気を持つこと！
怖れないこと
喜ぶこと
感謝すること

無数の
小さな生命が

より大きな生命を
支え

それがもっと大きな
生命を支えている

私たち人間もその
どこかで、

何かから支えられ、
また何かを支えている

人生を
苦しむ必要はありません
人生を
恐れる必要もありません
人生は
感謝の気持ちを持って
ただ味わえば良いのです

小さなことを
感謝でき
ささやかなことを
喜ぶことができる
人は
とても恵まれています
その人は
どんなときでも
また、いつでも
幸せを感じることが
できるからです

心をこめて
物事に接しなさい
それがなんであれ
心をこめる
相手が誰であれ
心をこめて接する
そうすることで
あなたは日々
成長することが
できるのです

前に進みなさい！

人生を振り返るのは
過去に浸るためではなく
未来を見透すため

立ち止まるのは
旅を止めるためではなく
再び人生の旅を続けるためです

あとがき

人生にはいろいろなことが起こります
生きるって本当に大変です
しかし、人は、生まれてきた以上
なんとしても生きていかねばなりません
どんなにつらくても
どんなことがあろうとも
人生を生きるうえで
人には孤独や苦しみに耐え
困難を乗り越える支えが必要です
この本のなかの言葉や絵が
あなたの励ましや慰めになれば
幸いです

葉 祥明

葉 祥明（よう・しょうめい）
1946年7月7日、熊本市に生まれる。画家・詩人・絵本作家。
1990年、『風とひょう』（愛育社）でボローニャ国際児童図書展グラフィック賞受賞。主な著書に、『地雷ではなく花をください』（自由国民社）、『ありがとう 愛を！』（中央法規）、絵本『星の王子さま』（Jリサーチ出版）ほか多数。2019年『Mai Kuraki Single Collection ～Chance for you～』ジャケットアート描き下ろし。現在、介護情報誌『おはよう21』（中央法規）にて絵と詩を連載中。自身の美術館として神奈川県に「北鎌倉葉祥明美術館」、故郷である熊本県に「葉祥明阿蘇高原絵本美術館」がある。https://www.yohshomei.com/

Heart is…… 心にひびく癒しの調べ

2021年6月10日　発行

絵・詩　葉 祥明
発行者　荘村明彦
発行所　中央法規出版株式会社
〒110-0016 東京都台東区台東 3-29-1　中央法規ビル
営　　　業　TEL 03-3834-5817　FAX 03-3837-8037
取次・書店担当　TEL 03-3834-5815　FAX 03-3837-8035
https://www.chuohoki.co.jp/

ブックデザイン　岡本 明
印刷・製本　図書印刷株式会社
ISBN 978-4-8058-8342-6

購入者特典について

●音声特典

歌手・倉木麻衣さんによる朗読をお楽しみいただけます

本書では、購入者特典として、歌手・倉木麻衣さんによる朗読をお楽しみいただけます。朗読する詩は、本書に収載した詩のなかから３本を倉木さん自身に選んでいただきました。

倉木麻衣（くらき・まい）
1999年『Love, Day After Tomorrow』で日本デビュー。同作よりミリオンヒットを立続けに記録し、1st アルバム『delicious way』では400万枚を突破、日本を代表する女性シンガーとなる。CD TOTAL セールスは2,000万枚を突破、デビュー以来シングル42作全てがオリコン TOP10入りしており、ソロアーティスト歴代１位記録を更新中。2019年12月にリリースした20周年記念アルバム『Mai Kuraki Single Collection～Chance for you～』のジャケットに葉祥明が作品を提供。2021年6月2日にDVDシングル「ZEROからハジメテ」をリリース。

●スペシャル対談

著者と歌手・倉木麻衣さんによる対談記事をご覧いただけます

いずれの特典も特設ページでの公開となります。
下記URLを直接入力するか、右のQRコードを読み取って
アクセスしてください。
https://www.chuohoki.co.jp/movie/8342

※本特典は予告なく終了することがあります。あらかじめご了承ください。
※ご利用の機種やOSのバージョン、通信環境によっては、正常に動作しない場合がございます。
※朗読の視聴、対談記事は無料ですが、通信料はお客様のご負担となります。特に朗読の視聴にあたっては、Wi-Fi 環境を推奨いたします。
※本特典に関するすべての権利は、著作権者に留保されます。理由のいかんを問わず、無断で複製（ダウンロードを含む）・放送・業務的上映をすること、第三者に譲渡・販売（インターネット・SNS 等へのアップを含む）することは法律で禁止されています。